Dédicace :

Ce livre est dédié avec amour à ma femme Lynn, à notre fils River et à TOUTES les rivières qui transportent la vie dans les terres. Ce livre est aussi dédié avec beaucoup d'amour et de reconnaissance aux extraordinaires Teddy, Emma et Jessika, membres de l'équipe de Medicine Wheel Education. Ils forment un parfait cercle de talent.

Aide à la révision : Murielle Cayouette, conseillère pédagogique en éducation autochtone au Conseil Scolaire Francophone de la C.-B. (SD93)
Traduit de l'anglais par : Marie-Christine Payette
ISBN : 978-1-989122-45-7
Pour plus d'information, visitez notre site à www.medicinewheel.education

Le cercle d'aide et de partage est une adaptation du magnifique livre
Le cercle de partage de Theresa « Corky » Larsen-Jonasson pour un public
plus jeune (de 4 à 6 ans). Pour rendre l'histoire plus accessible à ce groupe
d'âge, l'histoire a été raccourcie, simplifiée et écrite en rimes.
Ce livre a été réalisé avec l'approbation enthousiaste de Corky.
Nous sommes ravis que vous le lisiez et espérons que vous allez l'aimer!

Il était une fois, deux renardes qui étaient des meilleures amies. Elles vivaient dans les plaines où le ciel s'étend à l'infini.

Un jour, entre les deux renardes, une terrible dispute a éclaté
et elles n'étaient plus amies
quand chez elles le soir elles sont rentrées.

Le lendemain, les deux renardes ont refusé de se parler,
ce qui a rendu leurs amis tristes; ils n'avaient plus envie de jouer.

Une bisonne plus âgée savait exactement
quoi faire pour régler le conflit,
elle est allée voir un hibou grand-duc
nommée Kokom qui lui a dit :

« Hou hou hou! Nous devrions organiser
un cercle de partage aujourd'hui
pour que nous puissions
tous entendre ce qu'ont à dire nos amis. »

Ils ont donc invité les animaux de toute la région
à venir s'asseoir par terre en formant un rond.
« Ce cercle est sacré,
ce cercle est pour partager,
il rassemble la communauté
de façon attentionnée. »

C'est à cause d'une dispute que
nous sommes réunis aujourd'hui
pour exprimer comment on se sent dans ce conflit.

Les animaux se sont passé le bâton de parole pour
que chacun puisse parler.
Certains ont rugi et d'autres ont émis un petit cri
pour s'exprimer.

Les renardes ont écouté les explications de chaque animal
sur ce qui leur avait fait de la peine et du mal.

Maintenant que les renardes comprenaient
ce qui n'avait pas fonctionné,
elles pouvaient redevenir amies et bien s'accorder.

Les animaux ont remercié Kokom de les avoir réunis.
Ils savaient qu'ils seraient amis pour la vie.

Animaux en cri des plaines et leur prononciation :

chouette = Oohoo

moufette = Sikak

renard = Mahkesis

lapin = Wapos

poulet de prairie = Ahkisew

buffle = Puskwa Moostos

À propos de l'auteure :

Theresa « Corky » Larsen-Jonasson est une fière ainée métisse cri/danoise qui a des racines avec les premières Nations de Red Deer, Didsbury et Maskwacis. Elle vit selon les enseignements traditionnels autochtones qui lui ont sauvé la vie. Ces enseignements proviennent de ses parents, sa Kokom de 93 ans, Christine Joseph de Cochrane, ses tantes, ses oncles ainsi que les familles Goodstrikers, Williams et John Crier, qu'elle aime tous immensément. Corky est membre de la collectivité nationale Walking With Our Sisters (marcher avec nos sœurs), un mouvement qui met en lumière les femmes autochtones disparues ou tuées, et elle est une fière membre des Red Feather Women de Red Deer (femmes à plume rouge de Red Deer). Elle est aussi membre du conseil Urban Aboriginal Voices Women (voix urbaines autochtones des femmes) et du réseau Red Deer Welcoming and Inclusive Communities (communautés de bienvenue et d'inclusion de Red Deer).

MEDICINE WHEEL EDUCATION

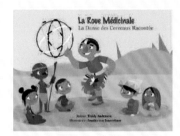

www.medicinewheel.education

La plume d'aigle

Auteur · Kevin Locke
Illustratrice · Jessika von Innerebner

Les cadeaux
du corbeau

Auteur · Kevin Locke
Illustratrice · Jessika von Innerebner

Le cercle d'aide et de partage

Auteures · Theresa « Corky » · Larsen-Jonasson
Illustratrice · Jessika von Innerebner

Le caillou de guérison
de Trudy

Auteure · Trudy Spiller
Illustratrice · Jessika von Innerebner

Les enseignements du
danseur de cerceaux

Auteur · Teddy Anquetich
Illustratrice · Jessika von Innerebner

Le chandail
orange de Phyllis

Auteure · Phyllis Webstad
Illustratrice · Brock Nicol

www.medicinewheel.education
info@medicinewheel.education
1-877-422-0212